LAMARTINE

SUJET DE POÉSIE PROPOSÉ

PAR L'ACADÉMIE FRANÇAISE

Au Concours de l'an 1880

(Aucun Candidat n'a obtenu les faveurs de l'Assemblée)

SUIVI DE

PÉRONNE

PAR

CHARLES Pr D'ARLOY

RETRAITÉ AVEC RANG D'OFFICIER

A L'ÉTAT-MAJOR PARTICULIER DU GÉNIE MILITAIRE

MEMBRE DE PLUSIEURS SOCIÉTÉS LITTÉRAIRES

SAVANTES ET HUMANITAIRES

Prix : 60 centimes

ON TROUVE CET OPUSCULE :

A PARIS, chez Auguste GHIO, éditeur

Palais-Royal, galerie d'Orléans, 1, 3, 5, 7.

Et chez l'auteur, *à Douai (Nord)*

LAMARTINE

Quand nous lisons tes vers, si tu dépeins les ondes
Nous nous mêlons aux bruits de leurs vagues profondes ;
Nous nous sentons aussi balancés par les flots
Car tes pilotes sont de joyeux matelots.
Si nous te relisons, la pensée affranchie
S'oublie et vogue sur une écume blanchie :
Sur les antres profonds nous sommes suspendus,
Tu pleures, de nos yeux des pleurs sont répandus.
Dans les charmes produits au cours de ta lecture
L'étonnement vient-il ? l'admiration dure.
Si le navigateur entonne des chansons,
Tes vers harmonieux en imitent les sons.
Nous devenons pensifs, écoutant, si tu sondes,
Doux chanteur, les échos répercutant tes rondes.
Nos esprits allégés des zones des éthers
Parcourent en rêvant la surface des mers.
Si tu chantes la brise, alors tout se recueille
Et l'on entend frôler la brise sur la feuille.
Des trépidations surgissent à ta voix
Si tu suspends ta lyre aux troncs vibrants des bois.
Par de virils accords chantes-tu des victoires ?
L'oreille a le clairon, le cliquetis des gloires
Et le hennissement du coursier qui frémit;
Le silence succède au combat qui finit.
On frissonne à l'aspect du sang que l'on déplore.
Mais l'amour du pays, de son feu nous dévore.
Lorsqu'ils ont disparu, les pourpres tourbillons,
Ta muse aide à compter les morts dans les sillons.

Quand ton luth a frappé les voûtes éternelles
Pour t'y suivre, à l'épaule on sent croître des ailes :
Sur ton Pégase, en croupe, on se sent transporté
Au séjour des élus, par Elie escorté,
Auprès du grand Principe ordonnateur des mondes
Qui vibrent sur la terre où vibrent toutes ondes.
Nous dépeins-tu son trône entouré de ses saints,
On contemple, on le voit parmi ses séraphins,
Virtuoses brillants, suscitant le délire
Que tu sais exprimer sur ta divine lyre.
Tu nous transportes l'âme et dilates nos sens,
Evocateur d'esprits que tu fais transparents,
Quand l'inspiration t'exalte : tout écoute
L'accord retentissant sous la vibrante voûte ;
Tu commandes, l'esprit obéit aussitôt !
Avec autorité reprends-tu dans l'écho ?
Ainsi que la colombe en message céleste,
Planes-tu ? franchis-tu l'espace qui te reste
Pour toucher de ton front ces bleus zéniths réels
Où tu sais le mêler aux fronts des immortels ?. . .
Nous te suivons. Ton style harmonieux soulève
Le grand voile du temple : Erato nous enlève.
Nous grandissons. Et puis. nous disons avec toi,
Fléchissant les genoux : espérance, amour, foi !

Les *Méditations* ont préparé sa gloire.
Naples, Florence, Ischia vont orner sa mémoire.
L'idée et l'image ont leur pondération.
La rythmique des mots a la vibration,
Dans ses œuvres tout plane ou pleure ou brûle ou prie,
Et tout est débordant de sublime harmonie,
De délices, parfums aux suaves senteurs.
Sa strophe musicale aborde les hauteurs.

Tout est mélange en lui, bonté, douceur, tristesse,
Sérieux, séduisant, plein de délicatesse,
Elevé familier, presque surnaturel.
Le brin d'herbe a l'étoile et l'azur l'Eternel.
Si ses conceptions paraissent excessives.
Ses spontanéités ont des grâces plaintives :
Contrastes gradués, alternes, ravissants
Dans une mélopée aux lyrismes puissants,
Son vers ne hante pas la douleur, il caresse,
Berce, dans sa langueur, sa suave mollesse.

Oh ! pourquoi délaisser le cantique pieux
Et suivre le courant poursuivi des aïeux ?
Pourquoi, dominateur des régions sereines,
Descendre les gradins des brûlantes arênes ?
Pourquoi tes pieds rosés sur les rudes sentiers ?
Pourquoi mêler l'épine aux feuilles des lauriers ?

Déçu ! va visiter la terre d'Ionie,
La montagne où le Christ grandit son agonie
Dont tu rapporteras les soupirs et les pleurs,
Créant sur ton chemin des sources de douleurs (1),

Rapportes-tu de là les palmes du martyre ?
La Révolution vers ton pays t'attire !
Le ciel coordonnant les tracés du labeur,
De l'épine couronne un front haut dans l'honneur.
La trahison te vend au jardin des olives.
Les monts ont leurs sommets comme ils ont leurs déclives.
La phraséologie, au rythme grandissant,
Te mélange à l'éclair qui brille en s'éclipsant.

---

(1) La mort de sa fille.

La chasteté des mots ébahissant la foule
Pose ton piédestal où tout tremble. Il s'écroule.
Ton front est rayonnant du nimbe souverain.
Le Nazaréen fut aussi républicain.

Chef d'Etat, orateur, historien, poëte,
Pour ton ascension monte sur chaque faîte,
Resplendis, — du calvaire une fois descendu, —
Glorieux délaissé, ne t'étant pas vendu.
O sainte pauvreté d'une âme si puissante !
Tu la rends à nos yeux bien plus resplendissante !
Chante, cœur ulcéré, chante, nouveau David,
Ta strophe résonnant sur la harpe d'un Cid.
Un Job qui ressuscite est plus grand qu'un Lazare.
La fortune qui vient d'une façon bizarre
A celui qui nous met aux lèvres des bâillons
Lui prépare une chaîne aux acérés maillons.
Bienheureux, tu n'as pas vu ce jour de souffrance
Alors que l'Allemand a mutilé la France.

Ah ! tu dis à l'airain sonore de Saint-Point
Qu'au moment de ta mort on ne s'attriste point,
Nous nous en souvenons, personne ne l'oublie :
Ce mémorable jour, « le plus beau de ta vie, »
Lorsque au bruit de la foudre et parmi les éclairs,
A Mâcon, Sinaï t'élevant dans les airs,
Inspiré, tu lanças la parole profonde :
« La République un jour enlacera le monde. »

Quand on a visité Golgotha, que l'on a
Sur l'épaule un fardeau pareil à celui-là,
Le bois sacré taillé par la main populaire,
On le porte jusqu'au sommet de ce calvaire

Qui donne le pouvoir glorieux ou la mort
Glorieuse toujours au radieux transport.
On ne discute pas un principe sublime
Qui peut nous élever triomphant de l'abîme.
Plus le péril est grand, plus le gouffre est profond,
Plus grande est la clarté qui rayonne du fond !
C'est dans l'obscurité que naissent les étoiles.
Quand on est sur le pont du navire, ses voiles,
Ses cordages, ses mâts obéissent aux voix
Qui le guident, au maître acclamé par son choix
Qui domptera les flots au fort de la tempête.
C'est son droit, son devoir de rester à la tête
Du bord, de gouverner pour l'ancrer dans le port.
S'il quitte le timon un instant, il a tort.
A la barre il se tient, du vent prévoit la saute.
Ce poste est plus qu'un trône, et qui le laisse, saute,
Tombe, s'ensevelit : l'ostracisme ou le deuil
Inculque le remords piétinant sur son seuil
Et peut peupler ses nuits de fantômes sans nombre,
De regrets.
       Où sont-ils les taillis et leur ombre ?

Quand on a dans son cœur la lyre et le rayon,
Sur le front une gloire, en sa main l'aiguillon,
L'épée encore pure et d'honneur reluisante, (1)
On commande à la mer qui rentre, obéissante,
Dans son lit, au vallon prolongeant le détroit
De la légalité sans qu'on sorte du droit.
C'est ainsi qu'on évite à son pays qu'on aime,
A ce peuple français, la mobilité même,

(1) Cavaignac.

De se voir prévenir par un aventurier
Dont le sinistre aspect dénonce un meurtrier.
Quand on sait qu'on déserte un devoir, ô sublime
Penseur ! cet idéal planant sur cette cime,
Le Pouvoir établi sur ta décision,
Qu'est-ce donc, ébloui, choisir l'élection
Générale tordue au vent comme une plume
Que l'aigle va saisir dans un fragment de brume,
Si ce n'est accuser le défaut des rêveurs
Qui préparent la voie aux infâmes sauveurs ?
Juvénile fierté que berce la mollesse,
Qu'as-tu fait de l'élan tout rempli de noblesse
Qui remet en tes mains le suprême pouvoir
Ramassé sous les pieds du peuple ? On t'a pu voir
Parmi cette rafale effarée et qui houle,
Dont la vague t'élève au-dessus de la foule
Lui jetant hardîment cette apostrophe là :
Qu'est-ce que ce haillon, mes frères. que voilà ?
Rejettez cet emblême, — un sang impur l'inonde :
« Le drapeau tricolore a fait le tour du monde, »
Au nom de la patrie et de la liberté,
De la gloire française arborant la fierté,
L'égalité tendant une main fraternelle
Aux courageux de la famille universelle !
Quand on a soif de gloire et que la coupe en main
On ne la vide pas, on voit le lendemain
Se faufiler dans l'ombre un larron fort avide
Qui la prend, la saisit, — et tout d'un trait la vide ;
Ainsi du peuple hélas ! soudain on le bâillonne,
Quand tu tiens dans tes mains son sceptre, sa couronne
Que tu laisses tomber par terre, sans effort,
Sans effort ! quand il a fait cela, l'homme a tort !

Le calme a délaissé sa noble solitude
Et le dédain viendra troubler sa quiétude.
Cette gloire entrevue, inconstante, en lambeaux,
On en a rassemblé les débris en faisceaux
Pour la faire briller un jour, comme une étoile
En statue aux reflets dont notre azur s'étoile.

De la foule tu sais, toi, l'aberration ;
Qu'un nom peut éblouir toute une nation,
La fasciner lorsqu'on a faussé sa mémoire ;
Que ce qu'on lui rappelle et qu'on appelle gloire,
N'est qu'un trompeur mirage attirant les chameaux
Aux déserts, c'est la pourpre aux yeux des animaux
Dans un cirque luttant. Tu sais que l'heure sonne,
Tu redoutes ceci, dis-tu, plus que personne,
Sous le fardeau de ta responsabilité,
Tu sens que ton honneur dans sa fragilité
Peut sombrer, qu'il est fait de l'éclat de ton âme ;
Que c'est cet honneur là qui fait que l'on proclame : —
« Il a bien mérité de la patrie ! et tu
Désertes le succès, doutes de ta vertu ?
Quand tu laisses briser sur la place puplique
Ton fétiche nouveau, la jeune république,
Voyant la royauté s'user de jour en jour,
La jugeant impossible en l'instant sans retour :
Contre elle ce qui gronde en toi n'est pas la haine ;
En jouant avec elle une partie humaine,
Tu suis le bon courant de ton destin alors ;
Quand tu vois l'anarchie attentive au dehors,
Servie, échelonnée au flanc de ton civisme
Tu pâlis, t'éclipsant aux feux du despotisme
Que tu vois rallumer, et tu remets au ciel
Le soin de dénouer ce nœud matériel ?

Tu sais depuis longtemps que du peuple on se joue.
Ta mission est sainte et l'Eternel t'y voue,
Conserve le pouvoir offert sans le laisser
Tomber en d'autres mains habiles à tresser
Les entraves, le joug qu'on prépare dans l'ombre.
O crains, puisque tu lis au front de l'homme sombre
Cause de tes soucis lors de l'élection
Générale faussée avec la nation !
Le peuple aime celui qui reste dans l'arène.
Prends-tu garde aux rôdeurs parcourant son domaine !
Leurs dactyles cornés apprêtés à saisir
Se détendent, leur ongle exprime ce désir !
Alors qu'elle te sait des intentions pures
Pourquoi donc laisses-tu la France aux aventures ?
« Si le peuple se trompe ! » Epargne-lui le temps
De laisser dissiper ses éblouissements.
Quand il s'agit ici de sa gloire passée,
Tu sais bien que sa force en fut jadis lassée !
Quand tu sais lui redire avec autorité
Qu'il garde des couleurs la noble trinité !
Parle, puisqu'il t'écoute, et proclame de suite,
Sa souveraineté dont tu vois la poursuite.
Tout potentat suppose un cœur ambitieux
Aimant à s'entourer d'hommes séditieux !
Quoi ! Le peuple se donne et tu ne t'en empares ?
Son inconstance est grande et ses fermetés rares.
En sa persévérance on a tort de compter.
Heureux qui, pour son bien, ayant su le dompter,
Lui montre l'avenir désiré qui s'éclaire,
Les mirages trompeurs, ces pièges de la terre.
Chez lui l'enthousiasme a duré trop longtemps.
Il fallait le remettre à l'œuvre en même temps
Que la tranquillité renaissait dans la rue,

Et le désabuser sur l'œuvre suspendue ;
Tandis qu'on lui parlait de fédération,
Qu'il pouvait écouter la modération,
Quand en exemple on lui proposait l'Amérique,
Avant que d'imiter la grande République,
Il fallait réveiller son vieil esprit gaulois ;
Déblayer le terrain broussailleux de ses lois ;
L'instruire de ses droits, de sa gloire future
Et non pas le laisser voter à l'aventure.
Ce rêve éblouissant, suivi d'un dur réveil,
Put devenir réel, modèle, sans pareil.
Cette réalité s'élevant de la France
Du genre humain montrait la fière indépendance.
Qu'avons-nous vu depuis? Du sang fut répandu
Et de l'humanité le respect suspendu.
Mais, le ciel fait pâlir enfin l'obscurantisme
Voilant notre pays, ses vertus, son civisme.
Puis encore une fois, habile en ses travaux,
Nous montre son armée acclamant ses drapeaux
Qui reprennent leur place à leur rang et sur l'onde,
Refont la France arbitre aujourd'hui dans le monde.
Arrière les Partis ! Esprit pur de la paix
Reste resplendissant ! Acclamons désormais,
Français, ce faste jour ! l'Europe nous admire !
Mais veillons sur ce mort : l'épouvantable empire.

AU GÉNÉRAL FAIDHERBE

GRAND CHANCELIER DE LA LÉGION D'HONNEUR

PÉRONNE

Le cri français : qui vive ! est resté sans réponse.
Un casque crinièré passe au bois du quinconce,
Son aigle double étale en or tarses velus
Pont-Noyelle est là-bas sous un linceul de neige.
On ne dort pas, la Nuit peut cacher quelque piège,
    Sa lèvre est bleue, un doigt dessus.

C'est de Monf Saint-Quentin de près qui la domine
La ville s'endormant au pied de la colline
Que l'on voit s'écrouler la maison Lemercier ;
Qu'on regarde la cloche à Saint-Jean qui va fondre, (¹)
La charpente du toit en flamme qui s'effondre
    Lançant des jets de plomb, d'acier.

C'est une cuve d'où tout le monde se sauve. (²)
L'hôpital brûle. La gendarmerie est sauve.
Boulets, obus faisant la démolition,
Se croisent en sifflant, telle voit-on la grêle
Qui rebondit frappant le grès d'une margelle
    De puits en inondation. (³)

---

(1) La cloche a fondu, tous les métaux en fusion ont coulé.
(2) Ressouvenir de Saint-Nicolas.
(3) L'auteur a vu un puits comblé par la grêle à Blandecque (Pas-de-Calais), étant au camp d'Helfaut en 1854.

Au pied du mont sont le quinconce et jeu de paume.
— Ils étaient déjà là ; — mais Faidherbe à Bapaume
Les terrassait, ainsi qu'on fit à Châteaudun,
Les Prussieus savants, et qui ne sont en somme
Qu'un mécanisme brut, très engrené : c'est l'homme
     Aimant se battre — dix contre un.

Faidherbe, qui combat, avance vers la ville.
Dans les rangs réformés par une main hahile
Paraissent, le front haut, lorsque gronde l'airain,
Tous les jeunes gens qui veulent suivre la trace
Des ancêtres. Il faut que le Prussien passe
     Qu'il s'en retourne vers le Rhin.

Dans le fort, où Louis onzième, ô sort contraire !
Fut prisonnier trois nuits, trépignant de colère,
Se trouve un officier qui commande en tremblant,
Avait-il donc alors passé la soixantaine
Ou le sang appauvri circulait dans sa veine !
     Que n'étais-tu plus là Leblanc ! (¹)

A des Germains voleurs on n'avait rien à rendre.
On eût pu démolir Péronne et non la prendre.
— Mais, hélas ! au château gouverne un commandant. —
Le citadin vaillant en ce cas ne commande
Complice de Celui de Sédan que gourmande
     Son chef, qui n'en eût fait autant. (²)

---

(1) Ancien commandant du génie à Péronne où il est enterré comme colonel.

(2) Faidherbe voulut le faire traduire devant un conseil de guerre.

L'obus et le boulet, comme les vagues houlent,
En sifflant dans l'éther, tombent, s'égarent, roulent,
Bondissent contre un mur sur le mont Saint-Furcy ;
De la prison civile ils vont briser la porte ;
Le projectile creux sur l'autre plein l'emporte,
    Eclaire un corridor noirci.

C'est là que se trouvait le grenier d'abondance :
On meurt quand on nous tue et non de faim en France,
Sache-le donc, Guillaume, empereur des Teutons ;
Ne crains pas la vengeance à la lance brutale ,
Elle doit s'accomplir à force de morale
    Et non plus à coups de canons.

Et tandis qu'à Bapaume on vainc sans citadelle,
Un lâche, de la Somme a livré la Pucelle,
Alors que la colonne ennemie à Saint-Christ
Est arrêtée. Ils ont emprisonné le maire : (¹)
Les ponts sont démontés; la chaussée est sans pierre,
    Elle s'encombre d'abatis.

Eh ! qu'est-ce que Péronne ? une place perdue.
L'armée improvisée au nord n'est pas rendue,
Elle peut allonger sa flèche vers Paris
Et faire resplendir de la France la gloire
Que prépare avec elle une sœur sur la Loire.
    Qui leur disputera le prix ?

(1) Le génie militaire de la place de Péronne avait fait démonter les ponts, M. Cézaire Picard, maire, fut emprisonné. Il s'est retiré depuis à Amiens : c'est Ferdinand d'Arloy qui l'a remplacé après la guerre.

Ham ! La Fère? sont pris (?) Mais St-Quentin nous reste (1)
A Tours, à Bordeaux on travaille. Paris, preste,
A son armée en train de franchir ses grands murs.
Un jeune patriote a su démontrer comme
On pouvait relever un pays, tel un homme ;
     Mais les anciens étaient trop mûrs,

Quels tristes officiers nous avait faits l'Empire !
Quelle figure prendre aujourd'hui pour l'écrire ?
Mol enchevêtrement d'une ferme debout
Qu'aux arbalétriers une main ne boulonne.
Oublira-t-on jamais l'insulte à la colonne ?
     Il faut se souvenir de tout.

Téméraires ! Partout on fait manquer le coche ;
Partout on voit l'esprit-empire qui décroche
Le coursier du progrès dont le sang est du feu.
Vierge, n'es-tu pas près de la miséricorde ?
Partout le désarroi précédant la discorde :
     Tu n'es plus priant devant Dieu.

---

(1) Saint-Quentin (Aisne), la ville fut démantelée, par décision de Napoléon I··. On sait que l'armée bloquée dans Paris devait faire une double sortie générale, le jour où Faidherbe livrait son dernier combat à Saint-Quentin. Il fut obligé de battre en retraite sur Cambrai, par suite de l'avortement de la sortie de l'armée de Paris d'où un formidable détachement de l'armée investissant la capitale lui est tombé dessus au moment où il allait être victorieux comme il l'avait été à Bapaume.

A quoi servent tant de fortifications maintenant?

La paix ? — «Quand nous aurons mutilé votre France,»
Le midi dit au nord : En campagne ! à l'outrance !
— Quoi ! mais c'est toi qui l'as voulu, peuple français,
Ton arrogance te plaçait haut sur la terre :
«Nous allons le forcer à la fin à se taire ! »
       Répond-on. — Jeanne disait : Paix ! (¹)

« Cette position, — avait dit de Marthelle, (²) —
« N'est un point stratégique, il n'est plus citadelle,
On a démoli ses fortifications.
C'est un nid d'ouvriers qui se penche sur l'Aisne ;
On ne pourrait tenir ici qu'un jour à peine
      En prenant des précautions. » (³).

« Retirons-nous. Je bats en retraite sur Lille :
On est en sûreté dans une grande ville
Enceinte récemment d'un immense rempart ;

---

(1) Jeanne Darc, patronne de la France : elle l'a été si elle ne l'est plus. (Elle fut anoblie sous le nom de du Lys, le nom de son père était Darc). Vierge immaculée quoique maculée par un anglais qui ne l'a su forcer. (Historique).

(2) Desaint de Marthelle est l'officier général qui avait trouvé que la ville de Saint-Quentin n'était pas une position à occuper — encore moins à défendre.

Il allait à la guerre comme à la messe avec un eucologe à la main : il était digne de porter un cierge et non une épée.

L'auteur a vu aussi le mont Saint-Quentin, près Metz. Hélas ! ! !

(3) Commencement de défection que l'on a vu partout, excepté sur la Loire et dans le Nord. (Voir les Journaux du temps).

Ce général a dit à l'auteur qui demandait à faire campagne : — que les bons postes étaient occupés — qu'il restât dans la disponibilité.

Au moins là nous serons à l'abri des surprises,
Nous pourrons nous cacher dans des cryptes d'églises.
     Dans des poternes, quelque part. »

Discorde, faveur, peur, — valeur — pour la patrie
Balistent la concorde avec la jalousie !
Ce sont là les brandons qu'agitent les tyrans.
Quand se sont envolés les corbeaux, aux colombes
S'acharnent les vautours : on voit voler les bombes,
     Traîner des sabres allemands.

CHARLES D'ARLOY.

LYON

IMPRIMERIE DE LA PROVINCE

101, Grande rue de la Guillotière, 101

—

1881

www.ingramcontent.com/pod-product-compliance
Lightning Source LLC
Chambersburg PA
CBHW061530170626
46811CB00004B/1908